瑞蘭國際

瑞蘭國際

西班牙

文

每

日 一 句

Javi&Sofi ——合著

La educación es lo que queda
cuando uno ha olvidado todo
lo que aprendió en la escuela.
—— Einstein

Mario Santander Oliván —— 審訂

作者序

　　「西班牙文，每日一句」從創辦至今已經快邁向第九個年頭。從來沒想過，當初只是想記錄學習過的西文片語、用法，竟然無心插柳柳成蔭，從 2012 年 11 月創立至今，已發布超過 1000 則情境教學貼文，累計超過三萬四千名粉絲。我們從一開始完全不懂西文，到後來可以流暢跟母語人士溝通，這幾年來的學習心路歷程，也反映在粉絲專頁上。

　　2014 年在西班牙南部 Córdoba 著名的清真寺花園內，整片綠意盎然的柑橘樹園中，忽然從耳邊傳來熟悉的中文，往聲音方向循了過去，這是 Javi 與 Sofi 的初次相遇。身處異鄉，能夠偶遇台灣人是件難得的事情。我們在這座充滿年代洗禮痕跡的小城，暢談西班牙的各種美好風景，偶爾也抱怨著各種有別於台灣的文化衝擊，同時深度地探討語言帶給我們的無限歡樂，我們都認為，西班牙文不只是溝通的媒介，其內含的底蘊是人文，是歷史，也是文化。

　　回到台灣，我們感受到台灣西文學習教材的匱乏，市面上的西文教學書大多屬於中規中矩的教學，因此透過粉專的力量，我們成功招募到第一批願意共同努力的志工，也順利完成各種多元題材的字卡。在推廣西文的同時，我們也試圖帶給大家更多文化性的題材，因此除了演講外，也在 2017 年完成了「聽說西文 hen 簡單，七大情境帶你暢遊西班牙」線上課程，就是為了讓大家更了解西班牙的魅力所在。

　　還記得當初學習西文的初衷嗎？

　　有的人是因為無聊學學，有的人則是因為想要跟當地人溝通，也有的人是因為對西語文化感興趣。不管你當初為什麼開始學西文，我們都踏上了同一條道路。

　　還記得大學時，第一堂西文課上，某位老師曾提到：「我們可能將中南美洲這些看似比較落後的國家定義為『第三世界』，但台灣在世界上的定位在哪？在其他國家眼裡，可能我們連所謂的第三世界都不是。」是啊！台灣的主流媒體風向都朝著世界強權國家跑，而只是被動接受資訊的我們，也就在不知不覺中，以單一的角度在看世界發生的事情。

因為西班牙文，我們可以用不同的角度看世界，用原文去接收第一手的資訊，訓練思辨的能力。我們相信，透過每日一句的小小累積，能夠在大家心中種下一個語言的種子，每天不斷地灌溉各種西語世界的文化、歷史、語言、時事以及知識，就能讓各位讀者發想，並用不同的觀點看世界，從而反思生活，引起共鳴。

　　2020 年 3 月，瑞蘭國際出版與我們接洽，決定合作創造出一本有別於市面上的西文教學書籍。歷時數月的課程調查、主題確立、教學內容規劃到完成這本書，每一步都是由我們與我們書籍編輯團隊共同完成。真的非常感謝在這條西文學習路上，所有給予我們寶貴知識及資源的教授們，以及 Mario 老師無條件的支持及專業審訂；設計師格瓦尤在最後截稿期限前，沒日沒夜地辛苦加班，最終與我們討論出我們喜歡的封面與排版成品；責編 Grace 努力爭取與內部溝通，她是實踐我們想法不可或缺的一道橋樑。這本書集結了我們所有人的心血，就是為了能帶給大家不同以往的內容，期望你們看到作品時能眼睛為之一亮。

　　雖然每天我們在各自的正職工作，都加班到昏天暗地，但我們仍然為想學西文的朋友努力，撥出剩餘時間，規畫這本「學校學不到，現實生活中卻異常實用」的教學書。在書中，我們總共撰寫了 100 張原創字卡，你將看到不同的使用情境。某些中文講起來很有味道的詞語，但卻不會用西文表達？別擔心，你通通能夠在這本書中學會。相信透過詼諧有趣的對話，每日學習一個新的詞語，誰都可以用最輕鬆有趣的方式學習西班牙文！

　　你，是否願意跟著我們，一同來趟學習西文的旅程呢？

西班牙文，每日一句
Javi、Sofi

如何使用本書

　　《西班牙文，每日一句》全書共 9 大分類、100 則短句，以「字卡」呈現並結合「筆記本」設計，搭配情境對話、單字、補充及音檔，邀請你將西文帶入生活中的每個時刻！

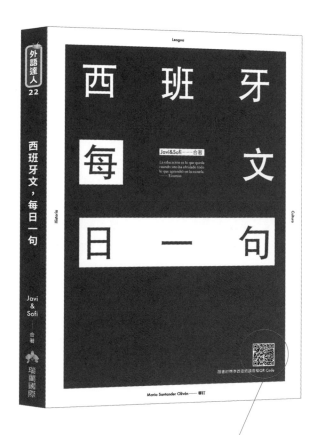

掃描音檔 QR Code

在開始使用本書之前,別忘了先找到書封上的 QR Code,拿出手機掃描,就能立即下載書中所有音檔喔!(請自行使用智慧型手機,下載喜歡的 QR Code 掃描器,更能有效偵測書中 QR Code!)

西文字卡

分類：依照使用時機將全書字卡分成9大類，並標示於每張字卡上方，讓你隨時掌握適合該字卡的生活時刻與情緒，為自己在生活中的西文表達加分。

字卡：你是專注力稍縱即逝的現代人！沒問題，整個頁面只有字卡，版面簡潔、素雅，想不集中專注力都難。全書共100句西文俗語、日常短句及片語字卡，等你搜集。

等級：每張字卡都標示程度 A1-B2，即使字卡中用了難一點的單字，也能用在簡單的對話情境中，讓你話一出口就說到對方心坎裡，不僅外顯程度立即提升，連母語人士也對你刮目相看。

音軌：掃描 QR Code 後，只要依據字卡下方的軌數即可找到音檔。聆聽語速一快一慢的標準西文朗讀對話，有效提升聽力口說實力。

筆記本設計

索引：貼心的索引設計，讓你從書側就能依章節查找字卡。

日期：筆記本一定要有的日期欄，方便你記下學會實用字卡、或在生活中第一次用上它的重要日子。

隔線：要真正能當筆記本用，隔線不能少。讓你隨身攜帶，記筆記或學習心得都好用。

情境對話：只用 A、B 兩句對話就讓你進入狀況！像和朋友聊天般，時而吐槽、時而暖心，不僅馬上了解字卡適合的使用情境，更帶起學習動力。

單字：將對話中的重點單字挑出來，並標示詞性、中文意思，不查字典也沒問題。

心情好的時候可以說

1

A：¡Hablas mandarín de puta madre!

　　你中文說得他媽太好了！

B：Hombre... es mi lengua materna.

　　拜託……那是我的母語耶。

單字

mandarín (m.) 中文　*chino (m.) 泛指華文

materno (adj.) 母親的

補充

· hombre 本身是「男人」的意思，屬於陽性名詞。但西班牙人也常把 hombre 掛在嘴邊，當作沒什麼意義的發語詞、助詞。

　　例如：

　　　　表示驚訝：¡Hombre, hace siglos que no te veo! （天啊！我超久沒看到你了！）

　　　　表示猶疑：Hombre...no sé. （嗯……我不知道耶。）

　　　　表示翻白眼：Hombre, los españoles no comen nada de picante. （拜託，西班牙人根本不吃辣。）

· de puta madre 可替換為 que te cagas 或 de cagas，皆為「很好、非常好」較粗俗的說法。例如：¡Hablas mandarín que te cagas! （你中文說得他媽太好了！）

1

de puta madre

太棒、太好（較粗俗）

🎧 MP3-001　🔊 Nivel A1

補充： 補充說明字卡或情境中用到的文法、同義詞或其他說法，並適時補充俗語、短句和片語的由來、背景故事等，讓你不只是背誦字卡還能長知識，印象加深加廣。

目次

Parte.3 | 罵別人的時候可以說

Parte.4 │ 對別人好的時候可以說

Parte.5 │ 驚訝的時候可以說

Parte.6 ｜ 跟朋友約的時候可以說

Parte.7 ｜ 無聊懶散的時候可以說

Parte.8 | 感情的事可以說

Parte.9 | 隨時都可以說

詞性列表

動詞 (v.) = verbo
陽性名詞 (m.) = sustantivo masculino
陰性名詞 (f.) = sustantivo femenino
陰陽同型的名詞 (m.) (f.)
複數 (pl.) = plural
代名詞 (pron.) = pronombre
副詞 (adv.) = adverbio
形容詞 (adj.) = adjetivo
感嘆詞 (interj.) = interjección
口語 (coloq.) = coloquial

Parte.1

心情好的時候可以說

心情好的時候可以說

1

de puta madre

太棒、太好（較粗俗）

🎧 MP3-001 ▂▄ Nivel A1

A：**¡Hablas mandarín de puta madre!**

你中文他媽說得太好了！

B：**Hombre... es mi lengua materna.**

拜託……那是我的母語耶。

單字

mandarín (m.) 中文　*chino (m.) 泛指華文

materno (adj.) 母親的

補充

· hombre 本身是「男人」的意思，屬於陽性名詞。但西班牙人也常把 hombre 掛在嘴邊，
當作沒什麼意義的發語詞、助詞。

例如：

表示驚訝：¡Hombre, hace siglos que no te veo!（天啊！我超久沒看到你了！）

表示猶疑：Hombre... no sé.（嗯……我不知道耶。）

表示翻白眼：Hombre, los españoles no comen nada de picante.（拜託，
西班牙人根本不吃辣。）

· de puta madre 可替換為 que te cagas 或 de cagas，皆為「很好、非常好」較粗俗
的說法，例如：¡Hablas mandarín que te cagas!（你中文說得他媽太好了！）

心情好的時候可以說

2

estar para chuparse los dedos

好吃的、吮指的

🎧 MP3-002　📶 Nivel A1

A：Los platos de este restaurante están para chuparse los dedos.

這家餐廳的菜太好吃了吧。

B：Claro, es un restaurante con tres estrellas Michelín.

當然，這可是米其林三星的餐廳呢。

plato (m.) 盤子、菜餚

chuparse (v.) 吸吮

dedo (m.) 手指

estrella (f.) 星星

補充

- 「好吃」有多種表達方式，比字卡更簡短，並且也相當常見的有：

    ¡Qué rico!（好好吃！）

    Está bueno este cocido.（這個燉菜好吃。）

心情好的時候可以說

¡Cojonudo!

太讚了！

🎧 MP3-003　📶 Nivel A1

A： *Womxnly de Jolin Tsai es una canción* cojonuda *y significa mucho para el colectivo LGBT.*

蔡依林的歌曲〈玫瑰少年〉太讚了，且對 LGBT 意義非凡。

B：Es mi cantanta favorita en Taiwán.

她是我最愛的台灣歌手。

cancíon (f.) 歌曲

significar (v.) 意思是、意義是

colectivo (m.) 集合

cantante (m.) 歌手（男）/ cantanta (f.) 歌手（女）

favorito (adj.) 最愛的

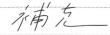

· Cojonudo 是較為粗俗的正面讚賞，它可以是一句話 ¡Cojonudo!，也可以作為形容詞。

例如：Los vermicelli de ostra son cojonudos.（這家的蚵仔麵線真的超屌的。）

· 另一個也常用來表達「超棒、超讚」的說法是 ser la leche。

例如：¡Eres la leche!（你超棒！）

心情好的時候可以說

4

estar de vicio

好到上癮

🎧 MP3-004　📶 Nivel A1

A：Las bolitas de tapioca de ese sitio de tés **están de vicio**.

那家飲料店的珍珠好吃到會上癮。

B：De acuerdo, su bebida especial es té de burbujas.

真的，他的招牌就是珍珠奶茶。

vicio (m.) (coloq.) 上癮

té (m.) 茶

bebida (f.) 飲料

補充

· vicio 原指「惡習、不良行為」，但在口語中轉變為「好到上癮」的意思。

除了 estar de vicio 也可以說 ser un vicio。

例如：Este chocolate es un vicio.（這是個罪惡的巧克力。）

· vicio 還有另一種用法，是指「非常愛抱怨的人」、「抱怨到上癮」。

例如：No sé por qué se queja de vicio, porque tiene dinero, casa y Porsche.

（他有錢、有房、有保時捷，我不知道他為什麼那麼愛抱怨。）

心情好的時候可以說

5

ser de buena boca

胃口很好

🎧 MP3-005 📶 Nivel A1

A：Estás exagerando, ¿cómo es que te hinchas a comer y sigues delgada?

妳太誇張了吧，怎麼有辦法一直吃又不會胖？

B：Porque soy de buena boca y he hererado buenos genes de mis padres.

因為我胃口好又基因好呀。

exagerar (v.) 誇大

hincharse (v.) 塞滿、灌滿（食物）

delgado (adj.) 瘦的

hererar (v.) 繼承

gen (m.) 基因

· 要形容「胃口好」或是「吃很多」，也可以用 tener buen estómago。

例如：

　Mi novio tiene buen estómago.（我男友吃很多。）

　Este plato es para dos personas o una persona que tenga buen estómago.

　（這道菜是兩人份的或適合胃口比較大的人。）

心情好的時候可以說

6

Sarna con gusto, no pica.

隨遇而安。

🎧 MP3-006 ◢ Nivel A1

A：¿Cómo sobrevives después de seis meses en paro?

你怎麼有辦法失業六個月還活得下去？

B：Como siempre digo: Sarna con gusto, no pica.

如我常常講的：隨遇而安。

單字

sobrevivir (v.) 生存

después (adv.) 在……之後

paro (m.) 失業

sarna (f.) 疥瘡

picar (v.) 發癢

補充

- 用 después de... 表達「在……之後」。

　例如：¿Quieres cenar conmigo después de la clase?（你下課後想跟我吃晚餐嗎？）

- 用 antes de... 表達「在……之前」。

　例如：No dormimos antes del amanecer.（我們在天亮前都不要睡。）

心情好的時候可以說

7

ser pan comido

輕而易舉

🎧 MP3-007　◢ Nivel A1

A：¿Cómo es el examen?

剛剛考得怎麼樣？

B：Me sale muy bien. Es pan comido.

我考得蠻好的，輕而易舉。

單字

examen (m.) 考試

pan (m.) 麵包

補充

- 西班牙人的主食是麵包，西文中也有許多與「麵包」有關的日常比喻。

　　例如：

　　　　estar más bueno que el pan （比麵包還棒）

　　　　形容人好看、性感

　　　　Pan para hoy y hambre para mañana. （今天吃麵包，明天餓肚子。）

　　　　形容治標不治本

　　　　ser más largo que un día sin pan （比沒有麵包的一天還要長）

　　　　形容超級久

- salir (v.) 一般常作「離開」的意思，例如：El tren sale en unos minutos. （火車將在幾分鐘後離開。）

　　本情境的 salir 則是有「結果是」的意思。例如：Hoy me sale todo bien. （我今天一切順利。）

心情好的時候可以說

8

¡Qué guay!

酷耶！

🎧 MP3-008　📘 Nivel A1

A： ¡Dicen que el ex-novio de Ana se enamora de un tío y está saliendo con él!

聽說 Ana 的前男友愛上一個男的，他們還交往了！

B： ¡Qúe guay!

酷耶！

單字

novio (m.) 男朋友 / novia (f.) 女朋友

enamorarse (v.) 愛上、墜入愛河

補充

- guay 的意思是「很酷、很潮」，是西班牙專屬字，在其他的西語系國家可是聽不到的！要形容很酷、很潮也可以用 chulo (adj.)，例如：Es muy chulo, me encanta.（這很酷，我喜歡。）

- 情境中的 Dicen que... 是「無人稱」用法，在不確定主詞是誰的情況下，用第三人稱複數表示，類似中文「聽說……」的概念。

心情好的時候可以說

9

estar rico

好吃

🎧 MP3-009   📊 Nivel A1

A： Las chuletas de cerdo agridulce que hace tu marido <mark>están</mark> <mark>riquísimas.</mark>

妳老公做的糖醋排骨超好吃。

B： Claro, tenemos un buen gusto.

當然，我們品味可好的呢。

cerdo (m.) 豬、豬肉

marido (m.) 老公

gusto (m.) 品味；眼光；愛好

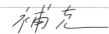

· 情境中的 riquísimas 使用到形容詞的「絕對最高級」，也就是在字尾加上 ísimo、

ísima，代表「非常、極」，等同於在形容詞前面加上 muy。

例如：

　　riquísimo = muy rico（非常好吃）

　　guapísimo = muy guapo（超級帥）

心情好的時候可以說

10

pasarlo bomba

玩得很開心

🎧 MP3-010　📶 Nivel A2

A：¿Qué tal el puente de vacaciones de Medio Otoño?

中秋連假如何？

B：Genial, fuimos a la playa a hacer una barbacoa y lo pasamos bomba.

超爽，我們去了海邊 BBQ，玩得很開心。

puente (m.) 橋

vacación (f.) 假期

otoño (m.) 秋天

playa (f.) 海邊

補充

・「連假」在西班牙文中是用「假期橋」來表達，像是情境中的 puente de vacaciones，或單用 puente 也可以。

例如：Tenemos un puente de tres días esta semana. （這週我們有三天連假。）

・Qué tal 後面經常省略動詞 estar，例如問候別人的時候會說 ¿Qué tal? （你好嗎？），就是將 ¿Qué tal estás? 的 estás 省略了。

心情好的時候可以說

11

estar de cachondeo

開玩笑

🎧 MP3-011　📶 Nivel B1

A：Hombre, está de cachondeo. ¡No seas tan serio!

欸，這只是開開玩笑，不要這麼嚴肅嘛！

B：La broma que has hecho ya no es divertida.

你的惡作劇一點都不好玩。

單字

serio (adj.) 嚴肅的

broma (f.) 玩笑、惡作劇

divertido (adj.) 有趣的、好玩的

補充

· estar de cachondeo 有幾個常見的同義詞。

例如：

　　estar de coña：No te enfades, estoy de coña.（你不要生氣，我只是開玩笑的。）

　　estar de guasa：Estás de guasa, ¿verdad?（你在開玩笑對吧？）

　　tomar el pelo：¡No me tomes el pelo!（別開我玩笑了！）

詞性列表

動詞 (v.) = verbo

陽性名詞 (m.) = sustantivo masculino

陰性名詞 (f.) = sustantivo femenino

陰陽同型的名詞 (m.) (f.)

複數 (pl.) = plural

代名詞 (pron.) = pronombre

副詞 (adv.) = adverbio

形容詞 (adj.) = adjetivo

感嘆詞 (interj.) = interjección

口語 (coloq.) = coloquial

Parte.2
不爽的時候可以說

不爽的時候可以說

| 12 |

tocar los cojones

（某事或某人）令人厭惡

🎧 MP3-012　📶 Nivel A1

A：Sospecho que vas a hablar de Óscar.

我猜你要跟我講 Óscar 的事情。

B：Efectivamente, ha publicado todas nuestras conversaciones privadas. ¡Me toca los cojones!

沒錯，他公開了我們所有私訊內容，讓我非常厭惡。

sospechar (v.) 懷疑、猜測

publicar (v.) 公開、出版

privado (adj.) 私人的、私密的

補充

· Efectivamente 是「沒錯、對」的意思，比 Sí 還要更強烈地肯定。

· tocar los cojones 直譯是「碰睪丸」；也可以說 tocar las pelotas，直譯是「碰球」，兩個片語都指令人厭惡、惹怒他人，例如：Me está tocando las pelotas.（他開始惹怒我了。）

不爽的時候可以說

13

sacar ___ de quicio

對__生氣

🎧 MP3-013　📶 Nivel A1

A：Mira, ¿por qué siempre sacas las cosas de quicio? Nada te importa.

妳看，為何妳每次都對小事生氣？這又跟妳無關。

B：Joder, ¿qué significan las cosas? Su actitud es una mierda.

幹，什麼叫小事？他的態度跟屎一樣。

mirar (v.) 觀看

cosa (f.) 事情

importar (v.) 使重要

actitud (f.) 態度

補充

· 很多人學一個語言，一開始先學髒話。這裡就教大家幾個西班牙文常見的髒話：

　　¡Joder!（幹）

　　¡Tu puta madre!（幹你娘）

　　¡Hijoputa!（賤）

　　¡Coño!（靠北）

　　¿Qué coño miras/dices/haces?（看三小／講三小／做三小）

不爽的時候可以說

14

Se le va la olla.

他抓狂了。

🎧 MP3-014　📶 Nivel A1

A：Estoy flipando. ¿Por qué me grita en público?

嚇死我了，他為什麼在公共場所對著我大叫？

B：Yo que sé, quizá tus palabras le han enfadado y se le ha ido la olla.

我怎麼知道，可能妳的話氣到他，然後他就抓狂了吧。

flipar (v.) 嚇到

gritar (v.) 大叫

enfadar (v.) 惹怒

補充

- 「抓狂」的同義詞可說 volverse loco，例如：Cuando está borracho, se vuelve loco. （他喝醉酒會瘋掉。）

- quizá（應該）後的動詞可使用簡單式或虛擬式。例如：Quizá es mentira. / Quizá sea mentira. （應該是騙人的吧。），若用虛擬式則說話者主觀認為可能性較低。

不爽的時候可以說

15

tener un día de perros

衰一整天、一整天不順

🎧 MP3-015　📶 Nivel A1

A： Se me ha robado el móvil por la mañana y he perdido la cartera por la tarde.

我早上手機被偷，下午丟了錢包。

B： Parece que tienes un día de perros.

看起來你今天很衰。

robar (v.) 偷

móvil (m.) 手機

cartera (f.) 錢包

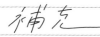

· tener un día de perros 直譯是「過了狗的一天」。每年七、八月，歐洲熱浪來襲，人們在炙熱天氣下大口喘氣、全身疲憊、體力透支，日子過得相當不順。同時，七、八月也是大犬座最明亮的天狼星與太陽同時升落的時期，而大犬座在西班牙文稱為「Perro Mayor」，因此這個諺語是指很熱的一天，後來也能用在下雨、風大、工作不順，泛指很衰的一天。

不爽的時候可以說

16

tener manía a alguien

總和某人過不去

🎧 MP3-016　📶 Nivel A1

A：Mi jefe siempre me ~~tiene manía~~ y ya estoy harto hasta los cojones.

我老闆總是跟我過不去，真他媽受夠了。

B：Pues, si no te gusta aguantarlo más, déjalo.

嗯，如果你不想再忍了，就辭職吧。

jefe (m.) 老闆（男）/ jefa (f.) 老闆（女）

manía (f.) 狂熱、敵意

harto (adj.) 受夠的、厭煩的

aguantar (v.) 忍受、忍耐

· estar harto/harta 是指「厭煩、受夠」的意思，加上 hasta los cojones（直譯為厭煩到睪丸）變為更粗俗的用法。

例如：No quiero hacerlo nunca más. Estoy harto. ¡Estoy harto hasta los cojones!

（我不想再做了，我覺得很厭煩，我真他媽的受夠了！）

不爽的時候可以說

17

Que le den.

去他的。

🎧 MP3-017　▰ Nivel A1

A：Uno de mis compañeros de la escuela me pide de pronto quedar con él.

我的一個小學同學突然要跟我見面。

B：Que le den. Puede ser un esquema de pirámide.

去他的。高機率是直銷。

pedir (v.) 要求

esquema (m.) 計謀、方案

pirámide (f.) 金字塔

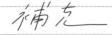

· quedar 是「約、約出來、約見面」的意思，生活上非常實用。

例如：

    ¿Quedamos este sábado?（這週六約一下嗎？）

    ¿Quieres quedar para ir al cine?（你想約看電影嗎？）

· de pronto（忽然）還有個同義詞是 de repente。

例如：No sé por qué se echó de reír de repente.（我不知道他為什麼忽然爆笑出來。）

不爽的時候可以說

18

hablar a toro pasado

放馬後炮

🎧 MP3-018 　🔊 Nivel A2

A：Me reafirmo en que es un Don Juan desde la primera vez que le vi.

第一次看到他的時候，我就確信他是個花花公子。

B：La verdad es que te gusta hablar a toro pasado.

妳真的很愛放馬後炮。

 單字

reafirmarse (v.) 信守、確信

primero (adj.) 第一個

補充

· a toro pasado 直譯是「鬥牛結束」。西班牙有個諺語是 A toro pasado todos somos Manolete.（鬥牛結束後，大家都是 Manolete（西班牙著名的鬥牛士）。），也就是事後諸葛的意思，而 a toro pasado 意指事後來看、事後才做出怎樣的行為。

例如：

A toro pasado, todo parece muy fácil.(所有事情事後來看都非常簡單。)

Siempre se entera de cosas a toro pasado.(他每次都事後才發現。)

· Don Juan 是西班牙家喻戶曉的傳說人物，以英俊瀟灑及風流著稱，一生周旋在無數貴族婦女之間，在文學作品中多作為「情聖、花花公子」的代名詞使用。

不爽的時候可以說

19

Ya vale, basta.

好了啦。／好了，夠了。

🎧 MP3-019　📘 Nivel A2

A：Mi novio es un cerdo, lo que me hizo....

我男朋友真是頭蠢豬，他對我做的⋯⋯

B：Ya vale, basta. Me sigues hablando desde ayer.

好了啦，妳從昨天就一直跟我講個不停。

單字

vale (interj.) OK、好的

bastar (v.) 足夠

補充

· seguir (v.) 在情境中是「持續」的意思，後接的動詞需變化為現在分詞（gerundio）。

· vale 是日常生活相當好用也經常使用的詞，是 OK、好的意思。

例如：

A: Cenamos a las 7, ¿vale?（我們 7 點吃晚餐好嗎？）

B: Vale.（好喔。）

不爽的時候可以說

20

ser pesado

某人／某事很煩

🎧 MP3-020 📶 Nivel A2

A： Mi novia nunca paga por sus cosas y lo pago yo. Es un poco pesado.

我女朋友從來不付錢，都是我在付。有點煩。

B： ¿No te das cuenta de que ella no es más que una cazafortunas que solo quiere tu dinero?

你難道沒發現，她只不過是個想要你錢的拜金女嗎？

單字

pagar (v.) 付錢

cazafortunas (m.) (f.) 拜金男／女

dinero (m.) 錢

補充

· darse cuenta de 的意思是「發現、發覺某事」。

例如：Sí, me doy cuenta de eso.（對，我有發現。）

· un poco de 的意思是「有點、一點」。

例如：Lo que necesita es un poco de amor.（他需要的是一點愛。）

· no es más que 的意思是「不過只是」。

例如：Ese sitio no es más que un café para las celebridades de internet.（那間店不過只是個網美咖啡廳。）

不爽的時候可以說

21

Me cago en la leche.

他媽的。（粗話）

🎧 MP3-021 📶 Nivel B1

A： Me cago en la leche. No me digas que no sabías nada.

他媽的。不要跟我說妳什麼都不知道。

B： Te digo mil veces que no tiene nada que ver conmigo.

我跟你說了幾千次，這件事跟我無關。

cagarse (v.) 拉屎

saber (v.) 知道

mil (adj.) 千的

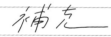

· Me cago en la leche. 直譯是「在牛奶裡拉屎」，口語上是一句帶有失望感的粗話。

· No me digas... 使用到了「否定命令式」。

例如：

No me toques. （你不要碰我。）

No me mires. （你不要看我。）

不爽的時候可以說

22

No me molestes.

別煩我。

🎧 MP3-022　📶 Nivel B1

A：No me molestes, ya te he dicho que no me interesas.

別煩我，我已經跟你說過我對你沒興趣。

B：¡Pero a mí sí!

但我對妳有興趣啊！

單字

molestar (v.) 使厭煩

interesar (v.) 使有興趣

補充

- 西班牙文有些常用的動詞，他的語法順序與中文恰恰相反，例如 gustar （v. 使愉悅；喜歡），我們說 A mí me gusta el café.（我喜歡咖啡。）這句話的主詞事實上是「el café」，整句直譯是「咖啡愉悅了我」；也就是 me 是間接受格代名詞，前面的 A mí 可省略，在此須注意動詞是跟著主詞作變化。

- 因此，如果要回覆肯定或否定，需回答 A mí sí. 或 A mí no. ，A mí también. 或 A mí tampoco. ；不能回 Yo sí. 或 Yo no. ，也不能回 Yo también. 或 Yo tampoco. 。

例如：

A: ¿Te gusta beber? （你喜歡喝酒嗎？）

B: A mí sí. （我喜歡。）

A: Pero no me interesa la cerveza. （但我對啤酒沒興趣。）

B: A mí tampoco. （我也沒有。）

詞性列表

動詞 (v.) = verbo
陽性名詞 (m.) = sustantivo masculino
陰性名詞 (f.) = sustantivo femenino
陰陽同型的名詞 (m.) (f.)
複數 (pl.) = plural
代名詞 (pron.) = pronombre
副詞 (adv.) = adverbio
形容詞 (adj.) = adjetivo
感嘆詞 (interj.) = interjección
口語 (coloq.) = coloquial

Parte.3

騙別人的時候可以說

驚別人的時候可以說

23

no tener dos dedos de frente

很蠢、無腦

🎧 MP3-023 📶 Nivel A1

A： Mi jefe nos pide a celebrar reuniones cada día para informar de los planes del trabajo.

我老闆叫我們每天都要開會跟他匯報工作進度。

B： Es una pérdida de tiempo. No tiene dos dedos de frente.

真是浪費時間,他很無腦耶。

celebrar (v.) 舉辦；慶祝

informar (v.) 通知、匯報

pérdida (f.) 損失

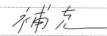

· no tener dos dedos de frente 直譯是「額頭前面塞不下兩根指頭」。這個諺語來自 19 世紀一位德國解剖學家 Franz Joseph Gall 的研究,他指出額頭越大的人,智力越高;反之,額頭小於兩根指頭的人,智力則低於正常水準。

罵別人的時候可以說

24

A mí qué.

關我屁事。

🎧 MP3-024　　📶 Nivel A1

A：Oye, un chaval está borracho y está gritando a tus vecinos.

嘿，有一個年輕人喝醉了，他正對著你的鄰居大吼大叫。

B：A mí qué. No me voy a meter en este lío.

關我屁事。我才不要多管閒事。

chaval (m.) 年輕小子

borracho (adj.) 喝醉的

補充

· meterse en un lío 的意思是「蹚渾水」，lío (m.) 指「一團亂、麻煩事」。

· 我不管、關我屁事，除了 A mí qué. 還可以替換成以下同義句：

A mí me importa un pimiento.（直譯：我在乎的程度只有一顆辣椒的大小。）

Me suda la polla. = Me la suda.（直譯：連我的雞雞都流汗了。）（較粗俗的用法。）

驚別人的時候可以說

25

No me vengas con eso.

少來這套。

🎧 MP3-025 　📶 Nivel A1

A：**Cariño, te prometo que te amo para siempre.**

親愛的，我保證我會愛妳一輩子。

B：**No me vengas con eso.**

少來這套。

 單字

prometer (v.) 保證、發誓

amar (v.) 愛

補充

· 在西班牙文中，Te amo. 或是 Te quiero. 都是「我愛你」的意思。

· 在情境中 para siempre 是「永遠」的意思，但 siempre (adv.) 還有「總是」的意思，

　例如：Siempre dices eso. （你總是這樣說。）

罵別人的時候可以說

26

No seas mamón.

不要耍智障。（墨西哥諺語）

🎧 MP3-026　　📕 Nivel A1

A：¡Un día voy a matar a los "haters" en las redes sociales!

有一天我要殺了那些社交網路上的酸民！

B：No seas mamón. Odian todas las cosas para nada.

不要耍智障。他們就是無緣無故討厭所有事情。

red (f.) 網子、網路

mamón (m.) 智障、白痴

odiar (v.) 討厭、恨

補充

- 西班牙人在網路上也會用英文的「hater」形容酸民，西班牙文可稱為「odiador」。

- para nada 有「不為什麼、無緣無故」的意思，另外也有「完全不」的意思。

例如：

No me gusta la berenjena para nada.（我完全不喜歡茄子。）

No lo comprendo para nada.（我完全不能理解。）

驚別人的時候可以說

27

no tener abuela

自戀（貶義）

🎧 MP3-027　📊 Nivel A1

A：Oye, yo soy el guapísimo chico de la clase. ¿Y por qué no tengo una novia?

聽著，我是班上最帥的男生，為什麼我會交不到女朋友？

B：Usted no tiene abuela.

您也太自戀。

tener (v.) 有、擁有

usted (pron.) 您

補充

· no tener abuela 直譯是「沒有阿嬤」。西班牙阿嬤對自己的金孫總是讚不絕口，認為寶貝孫子女最美、最帥、最聰明。因此如果說一個人「沒有阿嬤」，意指這個人身邊沒有誇耀他的角色，所以必須大力地吹捧自己，延伸為一個人太自戀的意思。

驚訝人的時候可以說

28

ser creído/a

自以為是

🎧 MP3-28   ⬛ Nivel A1

A：No voy a trabajar en equipo. Mis compañeros son muy tontos y van a meter la pata.

我才不要團隊合作。我的隊友們都很笨，他們一定會把事情搞砸。

B：¿Eso crees? Eres tan creído que das un discurso bastante irresponsable.

你覺得？你真是太自以為是了，才會給出這樣不負責任的言論。

tonto (adj.) 笨的

creído (adj.) 自負的

discurso (m.) 演說、言論

補充

· compañero/a 可指很多種的夥伴關係。

例如：

　　compañero de clase（同學）

　　compañero de trabajo（同事）

　　compañero de piso（室友）

　　compañero de equipo（隊友）

· meter la pata 直譯是「把腳放進去」，原指動物把腳放進陷阱、犯下大錯，延伸為「搞砸」的意思。

驚到人的時候可以說

29

¿En qué estabas pensando?

你腦子有洞？

🎧 MP3-029　📊 Nivel A2

A：El director me dijo que hiciste explotar un baño. ¿En qué estabas pensando?

校長跟我說你炸了一間廁所，你腦子有洞？

B：Es que vi un fantasma pero nadie me creía.

那是因為我看到鬼了，但沒人相信我。

director (m.) 校長、主管（男）/ directora (f.) 校長、主管（女）

fantasma (m.) 鬼、鬼魂

補充

- explotar 是「爆炸」的意思，hacer explotar 則是「引爆」。
- pensar 是「想、思考」的意思，若想表達「在想事情或人」會用 pensar en，例如：Estoy pensando en ti.（我在想你。）
- creer（認為）是生活中常用到的字，像我們經常說 Creo que...（我認為……），而在情境中 creer 是「相信」的意思，例如：¿Me crees?（你相信我嗎？）

罵別人的時候可以說

30

¡Ni hablar!

沒門／休想！

🎧 MP3-030　📶 Nivel A2

A：Mamá, ¿me puedes comprar el nuevo modelo de iPhone?

媽，妳可以買最新款的 iPhone 給我嗎？

B：¡Ni hablar! Ya te lo compré el año pasado.

休想，我去年已經買給你了。

comprar (v.) 買

nuevo (adj.) 新的

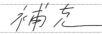

- Ni hablar. 直譯是「連說都不用說」，也就是沒門、休想的意思。

- 同義句也可說 De ninguna manera.（沒辦法、沒可能）

- 較沒禮貌的同義句可說 ¡Ni de coña!，因為 coña (f.) 是「陰道」，所以這句是粗俗用語。

罵別人的時候可以說

31

mosquita muerta

虛偽；雙面人

🎧 MP3-031　📕 Nivel A2

A：¡Mi mejor amiga, Juana, es una puta que me ha engañado con mi novio!

我最好的朋友 Juana 根本就是個 bitch，她居然出軌我男友！

B：Ya te he dicho que es una mosquita muerta.

我早就跟妳說她是個雙面人。

單字

mejor (adj.) 最好的

engañar (v.) 欺騙、出軌

補充

· mosquita muerta 直譯是「死掉的小蒼蠅」，看起來死掉，實際上卻能到處亂飛，意指一個人表裡不一，像雙面人。

· mosquita 是 mosca（蒼蠅）的縮小詞，在字尾加上 ito、ita，在口語上會聽起來更親切、更可愛。

常用的如：

poco（一點）的縮小詞為 poquito（一點點），例如：Hablo un poquito de español.（我會說一點點西班牙文。）

señora（女士）的縮小詞為 señorita（小姐），例如：Hola, señorita. ¿Podría añadir tu LINE?（小姐妳好，我可以加妳 LINE 嗎？）

罵別人的時候可以說

32

¡Eres un(a) inútil!

你（妳）真是個廢物！

🎧 MP3-032　⏸ Nivel A2

A： No quiero hacer nada, lo único que quiero hacer es quedarme en la cama acostado.

我什麼都不想做，我唯一想做的就是躺在床上。

B： ¡Eres un inútil!

你真是個廢物！

3

quedarse (v.) 留著、待著

cama (f.) 床

acostado (adj.) 躺著的

補充

- 在西班牙文中，肯定或否定的用法需前後一致，例如：情境中的 No quiero hacer nada.（我什麼都不想做。）前面使用了 No，後面 nada 本身是「沒事」，也有否定的意思。雖然前後用了兩個否定詞，但整句話依然是否定，與中文負負得正的概念不同，需注意。類似的詞例如 nadie（沒人）、nunca（從未）都有否定的意思，但若是放在句首，則不需再加 No。

  例如：

    No hay nadie. = Nadie hay.（這裡沒人。）

    No te miento nunca. = Nunca te miento.（我從未對你說謊。）

    No he comprado nada. = Nada he comprado.（我什麼也沒買。）

罵別人的時候可以說

33

tener mucha cara

厚臉皮

MP3-033　　Nivel B1

A：Esa tía **tiene mucha cara** que todos los días viene a comer gratis.

那女的也太厚臉皮了吧，每天都來吃免費的。

B：No digas eso, a lo mejor está pasando por un mal momento.

不要這樣說，或許她正經歷人生的低潮期。

 單字

cara (f.) 臉

gratis (adv.) 免費地

momento (m.) 時刻

補充

· 形容人厚臉皮、不要臉，也可用 caradura。

例如：Pedro ha cogido mi boli sin mi permiso. Es un caradura.（Pedro 沒經過我同意就拿走我的筆，他真是不要臉。）

· a lo mejor 是「或許」的意思，後接直述式（indicativo）。

例如：A lo mejor es falso.（應該是錯的吧。）

罵別人的時候可以說

34

Vete a paseo.

滾／滾開。

MP3-034　Nivel B1

A：Soy una vieja amiga de tu jefe, ¿cómo no me puedes hacer descuento?

我可是你老闆的老朋友，為什麼不能幫我打折？

B：¿Perdóname, vieja amiga? Yo soy el jefe de aquí y no te conozco, vete a paseo por favor.

不好意思，老朋友？我就這兒的老闆，我可不認識妳，請滾出去。

descuento (m.) 折扣

conocer (v.) 認識

paseo (m.) 人行道、散步

補充

· Vete a paseo. 也可替換成以下幾種粗俗的用法，皆表達「滾開」：

可直接說 Vete.，是 irse（離開）這個動詞的命令式。

Vete a freír espárragos.（直譯：滾去炒蘆筍。）

Vete a la mierda.（直譯：滾去吃屎。）

Vete a tomar por culo.（直譯：滾去吃屁股。）

罵別人的時候可以說

35

La cabra tira al monte.

狗改不了吃屎。

🎧 MP3-035　📶 Nivel B1

A：Elisa se quejó de su ex-novio anoche y sale con él hoy.

Elisa 昨晚才在抱怨她前男友，今天又跟他出去約會。

B：La cabra tira al monte. Es mejor que no les hagas caso.

狗改不了吃屎。妳還是不要管他們的事情比較好。

quejarse (v.) 抱怨

ex-novio (m.) 前男友／ex-novia (f.) 前女友

anoche (adv.) 昨晚

補充

． La cabra tira al monte. 直譯是「山羊總是往山上爬」，延伸為惡習難改、狗改不了吃

屎的意思。

． hacer caso 是「理會」的意思，例如：Él no me hace caso.（他都不理我。）

罵別人的時候可以說

36

¿A ti qué te importa?

關你屁事？

🎧 MP3-036   📙 Nivel B1

A：Nunca permito la legalización del matrimonio homosexual.

我絕不允許同性婚姻合法化。

B：No creo que sea de tu incumbencia, y ¿a ti qué te importa?

這跟你沒關係，那到底乾你屁事？

單字

permitir (v.) 允許

matrimonio (m.) 婚姻

補充

. 性向形容詞補充：

homosexual (adj.) 同性戀的

heterosexual (adj.) 異性戀的

bisexual (adj.) 雙性戀的

transexual (adj.) 跨性別的

. 情境中的 incumbencia 有些微貶義，是「事務、麻煩」的意思。

例如：No me des más incumbencias.（你別再給我添麻煩。）

但它還有「責任、義務」的意思。

例如：Eso no es de mi incumbencia.（那不是我的責任。）

3

詞性列表

動詞 (v.) = verbo

陽性名詞 (m.) = sustantivo masculino

陰性名詞 (f.) = sustantivo femenino

陰陽同型的名詞 (m.) (f.)

複數 (pl.) = plural

代名詞 (pron.) = pronombre

副詞 (adv.) = adverbio

形容詞 (adj.) = adjetivo

感嘆詞 (interj.) = interjección

口語 (coloq.) = coloquial

Parte.4

對別人好的時候可以說

對別人好的時候可以說

37

¡Mucha mierda!

祝你好運！

🎧 MP3-037　📊 Nivel A1

A：Oye, mañana voy a tener una entrevista.

嘿，明天我有一場面試。

B：Buen trabajo, tío, ¡mucha mierda!

做得好，兄弟，祝你好運！

 單字

¡Oye! (interj.) 嘿！

entrevista (f.) 面試

trabajo (m.) 工作

mierda (f.) 屎

補充

- Mucha mierda. 直譯是「很多的屎」。在 16、17 世紀，貴族與有錢人要前往劇院看表演時，會乘坐馬車駛到劇院門口，因此馬車越多，掉在地上的馬屎越多，代表觀眾也越多，也讓 ¡Mucha mierda! 延伸出「祝好運」的意思，尤其適用於演出、面試，或需要表現的場合。

- 萬用的「祝好運」，也可以說 ¡Buena suerte!

4

對別人好的時候可以說

38

dar alas a alguien

給某人希望

🎧 MP3-038　📶 Nivel A1

A：¿Por qué no haces caso a Alberto?

妳怎麼都不理 Alberto？

B：Pues... porque no quiero darle alas, o no va a dejarme en

paz nunca.

嗯……我不想給他希望，不然他會一直煩我。

dar (v.) 給予

ala (f.) 翅膀

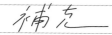

· hacer caso a alguien 是「理會、理睬」的意思。

· dejar en paz 直譯是「使平靜」，口語中是「不要煩、不要管」的意思。

例如：

Déjame en paz.（不要管我。）

Tienes que dejarle en paz ya.（你不要再煩她了。）

對別人好的時候可以說

39

Te queda bien.

你很適合。

🎧 MP3-039　📶 Nivel A1

A：Mira, ¿cómo van los zapatos?

你看，這雙鞋子如何？

B：Pienso que te quedan muy bien.

我覺得很適合妳。

zapato (m.) 鞋

quedar (v.) 適合

補充

- 某物是否適合某人，經常使用 quedar 這個動詞。

  例如：

  ¿Cómo me queda esta camiseta? (我穿這件 T-shirt 好看嗎？)

  ¿Me quedan bien estas gafas? (我戴這副眼鏡好看嗎？)

- 要表達「合適、適時」也可用 como de molde。

  例如：

  El trabajo le está como de molde. (這工作很適合他。)

  El aviso me vino como de molde. (這通知對我來說非常及時。)

40

ser un pedazo de pan

好人、好好先生

🎧 MP3-040　　📊 Nivel A2

A：Podrías ir a la iglesia y confesar todo al Padre Carlos.

妳可以去教堂跟 Carlos 神父坦白一切。

B：Sé que es un pedazo de pan, pero lo rechazo de plano porque yo soy budista, idiota.

我知道他是個好人，但我要斷然拒絕你的提議，因為我是個佛教徒，白癡。

iglesia (f.) 教堂

confesar (v.) 承認、坦白

todo (m.) 全部、一切

de plano 斷然地、直接地

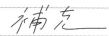

- Podrías 是 poder 的條件式，以條件式表達「建議」。更多條件式的類似用法。

例如：

Pensaría bien antes de tomar la decisión. （建議）想清楚再做決定。

Hablaría el tema primero con tu familia. （建議）先跟家人談談這件事。

對別人好的時候可以說

41

pillar un resfriado

感冒

🎧 MP3-041　　🔲 Nivel B1

A：Una masa de aire frío va a cubrir toda la ciudad de Taipéi la semana que viene.

下週台北市會有寒流。

B：Pues, ponte el abrigo entonces o pillarás un resfriado.

那到時記得穿大衣，不然妳就要感冒了。

masa (f.) 團、堆、塊

ponerse (v.) 穿上衣物

pillar (v.) 抓住；撞到；發現；染上

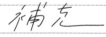

- 除了感冒，發燒也可以用 pillar，pillar un fiebre（發燒）。
- 「下週」會用 la semana que viene，同理也可說：

　　el mes que viene（下個月）

　　el año que viene（明年）

對別人好的時候可以說

42

Que te sea leve.

祝你一切順利。

🎧 MP3-042　📊 Nivel B1

A：**Mañana debe de ser un día duro, que te sea leve.**

明天肯定是個艱難的一天，祝妳一切順利。

B：**Y tú que lo veas.**

沒問題。

單字

mañana (f.) 明天；早晨

deber (v.) 必須要、應該要

duro (adj.) 艱難的、硬的

leve (adj.) 輕微的

補充

- Y tú que lo veas. 直譯是「也希望你能看見我的成果」，其實這句話並沒有包含什麼
  意思，只是單純回應對方，類似說「沒問題、好、OK」這樣的感覺。

- Que te sea leve. 其中的「Que」表希望、期盼的意思，後面 ser 需變化為虛擬式 sea（主
  詞為 mañana）；同樣的，Y tú que lo veas. 中的「que」也是表希望的意思，因此後
  面 ver 需變化為虛擬式 veas（主詞為 tú）。

4

詞性列表

動詞 (v.) = verbo
陽性名詞 (m.) = sustantivo masculino
陰性名詞 (f.) = sustantivo femenino
陰陽同型的名詞 (m.) (f.)
複數 (pl.) = plural
代名詞 (pron.) = pronombre
副詞 (adv.) = adverbio
形容詞 (adj.) = adjetivo
感嘆詞 (interj.) = interjección
口語 (coloq.) = coloquial

Parte.5

驚訝的時候可以說

驚訝的時候可以說

43

Esto pasa de castaño oscuro.

真的太扯了。

🎧 MP3-043　　▮ Nivel A1

A：Dicen que tienes un hijo y tu marido ya salió con otra mujer, ¿esto es verdad?

聽說妳有一個兒子，而且老公跟別的女人跑了，這是真的嗎？

B：Esto pasa de castaño oscuro. ¡Ya llevo soltera 20 años!

真的太扯了，我單身 20 年耶！

單字

hijo (m.) 兒子／hija (f.) 女兒

castaño (m.) 栗子樹

oscuro (adj.) 深色的

soltero (adj.) 單身的

補充

・ Esto pasa de castaño oscuro. 這句話據說來自一個被雇來炒栗子的員工，他在工作期間太過懶散，炒栗子炒到睡著，栗子因此焦黑一片。老闆質問這名員工的時候，他辯解說栗子原本就是這樣的顏色，但這個理由實在太扯，老闆理所當然把他開除。

5

西班牙文，每日一句

驚訝的時候可以說

¡Guau!

哇塞！

🎧 MP3-044　📶 Nivel A1

A：Me ha tocado la lotería y he ganado cien mil dólares taiwaneses.

我中了樂透，贏了十萬台幣。

B：¡Guau, felicidades!

哇塞，恭喜你！

單字

ganar (v.) 贏

felicidad (f.) 快樂、恭喜

補充

- cien（一百整）/ ciento（百），例如：Taipéi ciento uno（台北 101）

  un mil（一千）/ dos mil（兩千）/ tres mil（三千）…

  diez mil（一萬）/ veinte mil（兩萬）/ trenta mil（三萬）…

  cien mil（十萬）/ doscientos mil（二十萬）/ trescientos mil（三十萬）…

  un millón（一百萬）/ dos millones（兩百萬）/ tres millones（三百萬）…

- 注意：大家常見的英文單字 billion 為十億，但西班牙文的 billón 為萬億（兆）。

  例如：La deuda pública de EE. UU. ascendía a USD 25.7 billones el 2020.（2020 年美國國債達到 25.7 兆美元。）

驚訝的時候可以說

45

estar petado

滿滿都是人

🎧 MP3-045 ◢ Nivel A1

A：Si te gustan los chupitos, te recomiendo "Chupitería", donde solo cuesta un euro cada uno.

如果你喜歡喝 shot，我推薦你「Chupitería」，那地方的 shot 一杯一歐元。

B：Es tan famosa que siempre está petada.

那地方太有名了，每次都擠滿一堆人。

單字

chupito (m.) shot、一口酒

famoso (adj.) 有名的

補充

· 西班牙人是個無酒不歡的民族，啤酒、葡萄酒、利口酒、調酒……什麼都喝，chupito 則是便宜、酒精濃度高、容易放鬆狂歡的派對必備品項。因此有許多酒吧專門賣 chupito，稱為 chupitería。在 Salamanca 這種大學城，甚至有許多一杯 chupito 只要一歐元的地方，每天都是不夜城！

驚訝的時候可以說

46

saltar por los aires

完蛋了

🎧 MP3-046　📊 Nivel A1

A：¿Cómo va el examen de hoy?

今天考試如何？

B：Estoy a punto de saltar por los aires.

我快要完蛋了。

 單字

punto (m.) 時刻

saltar (v.) 跳、衝入

補充

- saltar por los aires 原指「爆炸」，延伸為壞事要炸開了、完蛋了的意思。

- Estoy a punto de... 就是口語中常說的「我快要……」，用來描述很接近的未來要做

  什麼事情。例如：Estoy a punto de llegar a casa.（我快到家了。）

驚訝的時候可以說

47

¡No me jodas!

真的假的！

🎧 MP3-047　📶 Nivel A2

A：Ayer vi a mi jefe en la feria de Cosplay que iba vestido como una sirvienta.

我昨天在 Cosplay 展上看到我老闆打扮成女僕的樣子。

B：¡No me jodas! ¿Se dio cuenta de que le viste?

真的假的！他知道妳看到他了嗎？

ver (v.) 看

feria (f.) 展會、市集

vestirse (v.) 穿著、裝扮

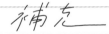

- 表達「看到某人」，會用 ver ＋ a ＋某人。
- ¡No me jodas! 是稍微粗俗一點的用法，中性一點的用法可以說 ¡No me digas!，一樣 表吃驚、不敢相信的心情。

  例如：

  A: Rompí con mi novio la semana pasada. （我上週跟我男友分手了。）

  B: ¡No me digas! ¿Estás bien? （真的假的！你還好嗎？）

驚訝的時候可以說

| 48 |

estar loco de remate

瘋了

🎧 MP3-048　📶 Nivel A2

A：Mira, la reventa de entradas para el concierto vale más de 3 mil dólares que la original.

看，這演唱會的黃牛票居然比原價貴三千元。

B：Los que compran **están locos de remate.**

那些買單的人根本瘋了。

entrada (f.) 入場票

concierto (m.) 音樂會、演唱會

補充

· reventa (f.) 是「轉售」的意思，通常轉賣的東西會比原價貴一手，因此 reventa de entradas 就是指黃牛票。

· de remate 指「完全地、整個地」，所以 estar loco de remate 意思是整個瘋了、完全瘋了。

驚訝的時候可以說

49

hacer una montaña de un grano de arena

小題大作、大驚小怪

🎧 MP3-049 ▰ Nivel B1

A：¿Da igual? ¡Dime si te has enamorado de otra chica!

沒差？告訴我，你是不是愛上別的女生了！

B：No hagas una montaña de un grano de arena. Fue solo una cena.

妳不要小題大作。只是一頓晚餐。

單字

montaña (f.) 山

grano (m.) 種子、穀粒

arena (f.) 沙

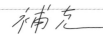
補充

· 表達「愛上某人」，會用 enamorarse ＋ de ＋某人，或 estar enamorado/a。

例如：

　　Estoy enamorado de ti.（我愛上你了。）

　　Estoy enamorado/a.（我戀愛了。）

詞性列表

動詞 (v.) = verbo
陽性名詞 (m.) = sustantivo masculino
陰性名詞 (f.) = sustantivo femenino
陰陽同型的名詞 (m.) (f.)
複數 (pl.) = plural
代名詞 (pron.) = pronombre
副詞 (adv.) = adverbio
形容詞 (adj.) = adjetivo
感嘆詞 (interj.) = interjección
口語 (coloq.) = coloquial

Parte.6

跟朋友約的時候可以說

跟朋友約的時候可以說

50

Me viene bien.

我 OK。

🎧 MP3-050　📶 Nivel A1

A：¿Qué te parece el itinerario por Barcelona?

妳覺得這個巴賽隆納的行程如何？

B：**Me viene bien**, solo falta el precio.

我 OK 啊，只差價格了。

單字

itinerario (m.) 行程

precio (m.) 價格

補充

- venir 一般是指「過來」的意思，在這裡使用像 gustar 的用法，轉為對某人來說 O 不

  OK 的意思，所以可以問對方 ¿Te viene bien?（你 OK 嗎？）

- faltar (v.) 是「缺少」的意思，跟 venir 一樣可以使用 me falta...（我缺……）的句型。

  例如：

  Me falta dinero.（我缺錢。）

  Le falta escribir dos páginas de tesis.（他還缺兩頁的論文沒寫。）

6

跟朋友約的時候可以說

51

hacer pellas

翹課

🎧 MP3-051　📶 Nivel A1

A：Cuando estudiaba en España, siempre me gustaba hacer pellas para viajar por Europa.

當我在西班牙讀書的時候，我總是喜歡翹課去環歐。

B：Sí, y los profesores nos animaron a ver más mundo.

對啊，而且教授都很鼓勵我們多看看世界。

單字

viajar (v.) 旅行

Europa (f.) 歐洲

animar (v.) 鼓勵

補充

· pella (f.) 的意思是「球」，以前小朋友會翹課出去玩泥球，所以 hacer pellas 成為翹課的代名詞。另外也會說 hacer novillos，novillo 是「年輕的公牛」，以前學生想當鬥牛士，就翹課去逗弄年輕的公牛。

· viajar a / por 的區別：a 是「去、到」；por 則是「環繞」，舉個例子：

Viajamos a Europa. （我們去歐洲旅遊。）

Viajamos por Europa. （我們去環歐旅遊。）

6

跟朋友約的時候可以說

52

Se me han pegado las sábanas.

我睡過頭了。

🎧 MP3-052　⏹ Nivel A1

A：¿Por qué me has dado el plantón esta mañana?

妳為何今早放我鳥？

B：Lo siento. Es que se me han pegado las sábanas.

對不起，因為我睡過頭了。

單字

pegar (v.) 黏

sábana (f.) 床單

補充

· Se me han pegado las sábanas. 直譯是「床單黏住我了。」，也就是睡過頭的好藉口。

· Es que 與 porque 在中文都是「因為」，但 porque 是連接詞，前後都需要加子句，

es que 則可以直接加上陳述句，通常是藉口。

例如：

Llego tarde porque el tráfico ha sido horrible. （我遲到是因為剛剛路況太糟。）

A: ¿Por qué llegas tarde? （你為什麼遲到？）

B: Es que el tráfico ha sido horrible. （那是因為剛剛路況太糟。）

跟朋友約的時候可以說

53

Se me ha ido el santo al cielo.

我一時忘記。／我忽然忘了。

🎧 MP3-053 📶 Nivel A1

A：¿Me traes la chaqueta?

你有幫我帶外套嗎？

B：Ah, perdón, se me ha ido el santo al cielo.

啊，抱歉，我忘了。

單字

traer (v.) 帶來

chaqueta (f.) 夾克、（薄）外套

補充

· Se me ha ido el santo al cielo. 直譯是「這個聖人對我來說已經上天堂了」。過去神父在傳道的時候，如果不小心忘了諸多聖人中某一位的名字，就會自嘲說這位聖人已經上了天堂。後來這句話引申為一時忘記要做的事情，或是忽然忘了要講什麼。

跟朋友約的時候可以說

54

a dos velas

沒錢

🎧 MP3-054 📶 Nivel A1

A：Estoy más seco que la mojama a finales del mes.

月底我的錢包又空空如也。

B：Estoy a dos velas también. Ni un euro te puedo prestar.

我也沒錢啊，一毛都無法借給你。

單字

seco (adj.) 乾的

mojama (f.) 風乾鮪魚

prestar (v.) 借

補充

- dos velas 直譯是「兩根蠟燭」。據說過去比較窮困的天主教堂在彌撒結束後，神父只在主祭壇放兩隻蠟燭，因此衍伸出沒錢的意思。
- más seco que la mojama（比風乾鮪魚還要乾），意指「乾癟的錢包」。
- 歐元尚未通行的時候，西班牙人會說 Ni una peseta，peseta 是西班牙在歐元流通前所使用的法定貨幣，跟 Ni un euro 意思一樣，指一塊錢也沒有。

跟朋友約的時候可以說

55

tener resaca

宿醉

🎧 MP3-055 📶 Nivel A2

A：Salí de fiesta anoche, y me duele mucho la cabeza hoy.

我昨晚出去喝酒，今天頭很痛。

B：Ya tienes resaca. Toma esta pastilla y te aliviará el dolor.

妳宿醉了。吃下這片藥，它會舒緩妳的頭痛。

pastilla (f.) 藥片

aliviar (v.) 減輕、舒緩

doler (v.) 使疼痛

補充

· me duele 的用法跟 me gusta 相同，例如：me duele la cabeza（我的頭使我疼痛），

主詞是 cabeza。

· 在西班牙文中，「吃」通常會用 comer，「喝」則會用 beber，而 tomar 則看情境，

可指吃也可指喝。

例如：

快中午了大家肚子餓，就可以說 Vamos a tomar algo.（我們去吃點什麼吧。）

跟朋友在酒吧，你可以問朋友說 ¿Qué vas a tomar?（你想喝什麼？）

6

跟朋友約的時候可以說

56

de un tirón

馬上、瞬間

🎧 MP3-056　📘 Nivel A2

A：Me guiñó un ojo y lo entendí de un tirón.

她對我眨了一隻眼，我瞬間心領神會。

B：Parece que tenéis química entre ambos.

聽起來你們之間有愛的火花。

guiñar (v.) 眨

tirón (m.)（用力）拉

química (f.) 化學

- de un tirón 的同義詞也可說 de una vez。

  例如：¡Abre la puerta de una vez!（馬上給我開門！）

- tener química 直譯是「有化學反應」，暗喻雙方有感情上的火花。

- entre ambos 是「彼此、互相」的意思。

跟朋友約的時候可以說

57

Hablando del rey de Roma

說曹操，曹操就到

🎧 MP3-057　📶 Nivel A2

A：Antonio se fue de repente anoche, ¿qué le pasó?

Antonio 昨晚突然就離開了，他怎麼了？

B：Hablando del rey de Roma, ya está allí, ¿cómo no le

preguntas en persona?

說曹操，曹操就到，他就在那邊，妳怎麼不自己去問他？

 單字

rey (m.) 國王

Roma (f.) 羅馬（城市）

補充

- 中文會說「說曹操，曹操就到」，西班牙文則是換成「說羅馬的國王」。這句的全文

是 Hablando del rey de Roma, por la puerta asoma.（說到羅馬的國王，他就從門

探出頭來。）

- en persona 是「親自」的意思。

跟朋友約的時候可以說

dejar plantado/a

放鳥

🎧 MP3-058　📊 Nivel A2

A：¿Qué te pasa? No te ves bien.

妳怎麼了？看起來不太好。

B：¿Sabes qué? Mi novio me dejó plantada anoche.

你知道嗎？我男朋友昨晚放我鳥。

 單字

pasar (v.) 通過；發生

dejar (v.) 讓；放下

plantar (v.) 種植；釘住

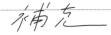 補充

· 放鳥、放鴿子也可以說 dar plantón。

　例如：Creo que va a darme plantón otra vez.（我覺得他又要放我鳥。）

· 把別人丟下可以說 dejar tirado。

　例如：¡No me puedes dejar tirado!（你不能把我丟下！）

跟朋友約的時候可以說

59

¡Como quieras!

隨便你！

🎧 MP3-059 📶 Nivel B1

A：No voy a discutir más contigo, ¡como quieras!

我不想再跟你吵了，隨便你！

B：Es mejor que quedemos tranquilos.

我們最好先冷靜一下。

discutir (v.) 爭論；討論

tranquilo (adj.) 冷靜的

補充

· 西班牙文的「討論」較常使用 hablar de。

例如：

Estamos hablando de nuestro sueño.（我們在談論我們的夢想。）

Tengo que hablarte de algo importante.（我需要跟你討論一件重要的事情。）

· 情境中的 quedar 是「保持、維持」，quedamos tranquilos 就是「我們保持冷靜」。

跟朋友約的時候可以說

| 60 |

tener mucho lío

有很多事情（工作）

🎧 MP3-060 　📶 Nivel B1

A：Como autónomo, siempre tengo mucho lío.

身為一個自雇者，我總是有很多麻煩事要做。

B：Pero me da envidia que puedas trabajar por tu cuenta.

但我很羨慕你可以自主工作。

autónomo/a (m.)(f.) 自雇者、自由工作者

envidia (f.) 羨慕、嫉妒

補充

· me da envidia 後面接事情，意指「這件事情使我羨慕」。口語常說的感嘆句「好羨慕啊！」，就可用 ¡Qué envidia!

· por tu cuenta 的意思是「你自己（完成某事）、你獨立自主地（做某事）」，tu（你的）可以換成 mi（我的）、su（他的）等所有格形容詞。

例如：

He organizado la actividad por mi cuenta.（我自己籌辦了這個活動。）

Siempre estudia bien por su cuenta.（他自己可以把書唸得很好。）

跟朋友約的時候可以說

61

costar un ojo de la cara

所費不貲

∩ MP3-061 ⊿ Nivel B1

A：Las bolsas de marcas famosas siempre cuestan un ojo de la cara.

名牌包總是所費不貲。

B：No pienso que valga la pena comprar solo su fama.

我不覺得它的名氣有值這個價錢。

單字

marca (f.) 品牌

costar (v.) 花費

fama (f.) 名聲、名氣

補充

- costar un ojo de la cara 直譯是「花費臉上一隻眼睛」，同義詞也可以說 costar un riñón（花費一顆腎臟）。

  例如：Comprar una casa en Taipéi me costará un riñón.（在台北買房子所費不貲；在台北買房子花我一顆腎臟。）

- vale la pena 是「值得」的意思，常見的同義詞是 merece la pena。

  例如：Este libro merece la pena leerlo varias veces.（這本書值得你一看再看。）

6

詞性列表

動詞 (v.) = verbo
陽性名詞 (m.) = sustantivo masculino
陰性名詞 (f.) = sustantivo femenino
陰陽同型的名詞 (m.) (f.)
複數 (pl.) = plural
代名詞 (pron.) = pronombre
副詞 (adv.) = adverbio
形容詞 (adj.) = adjetivo
感嘆詞 (interj.) = interjección
口語 (coloq.) = coloquial

Parte.7

無聊懶散的時候可以說

無聊懶散的時候可以說

62

no hacer ni el huevo

無所事事

🎧 MP3-062   📶 Nivel A1

A：Mi marido ya está en paro y no hace ni el huevo en casa ningún día.

我老公目前失業，他每天在家無所事事。

B：Gracias a la grande epidemia, todo el mundo está desempleado.

感謝疫情，全世界都失業了。

huevo (m.) 蛋

desempleado (adj.) 失業的

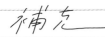

- hacer el huevo 是「煎蛋」的意思，連煎個蛋都不做，就是無所事事。
- todo el mundo 直譯是「全世界」，口語指「大家、所有人」。

無聊懶散的時候可以說

63

sin ton ni son

沒來由；莫名

🎧 MP3-063　📶 Nivel A1

A：**Me siento ansioso sin ton ni son.**

我沒來由地感到煩躁。

B：**Relájate, cariño.**

放輕鬆，親愛的。

單字

sentirse (v.) 感覺、感受

relajarse (v.) 放鬆

補充

· sentirse 後加形容詞 = sentir 後加名詞。

例如：Me siento cansado. = Siento cansancio.（我覺得累。）

· sin ton ni son 是來自音樂文化的諺語。指在管弦樂團中，有團員在尚未調音以前，就沒來由地開始演奏，既不符合音調（tono，簡寫為 ton），也不符合聲調（sonido，簡寫為 son）。

無聊懶散的時候可以說

64

dar pereza a alguien [algo]

覺得懶、懶得做某事

🎧 MP3-064　　📶 Nivel A1

A：Me da pereza hacer deporte.

我懶得做運動。

B：Entonces, te engordas y nunca te vas a adelgazar.

那你就會變胖而且永遠瘦不下來。

pereza (f.) 懶惰

entonces (adv.) 那、那麼

engordarse (v.) 變胖

adelgazar (v.) 變瘦

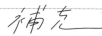

· 西班牙文中，經常使用 Me da ... 來表達「讓我感到……」、「我覺得……」。

例如：

Me da miedo.（讓我感到害怕。）

Me da asco.（我覺得噁心。）

Me da igual.（我覺得沒差。）

無聊懶散的時候可以說

65

tener pájaros en la cabeza

胡思亂想

🎧 MP3-065 　📶 Nivel A1

A：Elisa siempre me habla de manera muy maleducada. Seguro que me odia mucho.

Elisa 跟我講話總是很沒禮貌，她一定很討厭我。

B：**Tienes** muchos **pájaros en la cabeza**. Odia a todo el mundo.

妳想太多了。她討厭所有人。

單字

maleducado (adj.) 沒禮貌的；沒教養的

párajo (m.) 鳥

cabeza (f.) 頭、腦袋

補充

· 西班牙人經常用 maleducado 來講別人沒禮貌、沒品，同義詞也可用 de mala educación。

例如：Hablar con la boca llena es de mala educación.（邊吃飯邊講話很沒禮貌。）

· 「胡思亂想」的同義詞有 comerse el coco，直譯是「吃掉自己的腦袋」。

例如：Me estoy comiendo el coco con lo que me dijo.（我一直在胡思亂想他跟我說的事情。）

無聊懶散的時候可以說

66

darle a la sin hueso

嚼舌根；八卦別人

🎧 MP3-066　📶 Nivel A1

A：No comprendo, ¿por qué os gusta darle a la sin hueso con los desconocidos?

我不懂，為什麼你們喜歡八卦那些不認識的人？

B：Porque sí.

就是這樣。

生字

hueso (m.) 骨頭

desconocido (m.) 陌生人

補充

- Porque sí. 是很口語的「就是這樣、沒為什麼」的意思。
- la sin hueso 指「那個沒有骨頭的」，也就是指舌頭。所以 darle a la sin hueso 就是嚼舌根、不停講話、一直八卦的意思。

7

無聊懶散的時候可以說

67

hacerse el sueco

裝傻

🎧 MP3-067　🔊 Nivel A1

A：¿Hasta cuándo vas a seguir haciéndote el sueco?

你要裝傻到什麼時候？

B：Yo que sé, eso no es asunto mío.

我不知道，那跟我無關啊。

seguir (v.) 繼續

hacerse (v.) 假裝、裝作

asunto (m.) 事情

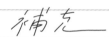

· hacerse el sueco 的故事來源有兩種說法。一種說法是，當初瑞典人（sueco）侵犯西

班牙港口，但聽不懂西班牙文，所以說「假裝是瑞典人」就是裝傻。另一種說法是，

在古羅馬時代，喜劇演員會穿 soccus 這種鞋子，走路起來格外笨拙、遲鈍，而隨著

時間的推移，人們逐漸把 soccus 說成了 sueco，因此 hacerse el sueco 意指一個人

裝愚笨、裝遲緩的意思。

無聊懶散的時候可以說

68

Voy a mi bola.

我不想管了。

🎧 MP3-068 ▄ Nivel A1

A： Para vestirme elegante, tengo que probarme más trajes.

為了要盛裝出席，我要試更多西裝。

B： Ya llevas 3 horas probándote. Voy a mi bola.

你已經試了三個小時了，我不想管了。

單字

elegante (adj.) 優雅的、華麗的

traje (m.) 西裝

probarse (v.) 試衣

補充

- bola (f.) 是「球」，Voy a mi bola. 直譯是「我要去玩自己的球」，也就是不想管其他人和其他事情。

- 西班牙人經常使用 elegante 來形容衣著好看、有品味。

  例如：¡Qué elegante estás!（你看起來好美（好帥）啊！）

無聊懶散的時候可以說

69

¡Qué más da!

反正沒差！

🎧 MP3-069　📶 Nivel A1

A：Leticia siempre cuenta chismes para atraer la atención de todos.

Leticia 總是在講別人八卦來吸引大家注意。

B：¡Qué más da! Ya no nos cae bien.

沒差，反正她跟我們也處得不好。

單字

contar (v.) 講

chisme (m.) 八卦

atraer (v.) 吸引

補充

· caer 本身是「掉落」的意思，但在口語中，caer bien / mal 是指「相處得好／不好」。

例如：

Me cae mal mi jefe. （我跟我老闆處不好。）

Creo que los taipeineses son los que peor caen. （我覺得台北人最難相處。）

無聊懶散的時候可以說

70

Sea lo que sea.

算了。／就這樣吧。

🎧 MP3-070　📶 Nivel A1

A：Me han dicho que ha muerto tu ordenador portátil.

聽說妳筆電壞了。

B：Sí, he hecho todo lo que he podido, pero no se enciende ni

carga. Sea lo que sea.

對啊，我已經做我能做的了，但它就是不能開機也不能充電。算了吧。

單字

morir (v.) 死掉、壞掉

encender (v.) 點燃；開啟 (電器開關)

cargar (v.) 充電、載入

補充

· no A ni B，意思是「不 A 也不 B」，也可以用 ni A ni B。

例如：

No me gusta ni el perejil ni el apio.（我不喜歡香菜也不喜歡芹菜。）

在西班牙如果稱一個人為 Nini，就是稱他是「米蟲」，因為 ni estudia ni trabaja

（不念書也不工作）。

· ordenador（m. 電腦）；portátil（adj. 可攜式的）。兩個單字加起來就是

ordenador portátil（筆記型電腦），也可以簡稱 portátil（筆電）。

無聊懶散的時候可以說

71

más se perdió en Cuba

沒什麼大不了的

🎧 MP3-071　📶 Nivel A2

A：He perdido el trabajo. Seguramente mi jefe me ha odiado mucho.

我被炒魷魚了。我老闆肯定很討厭我。

B：Más se perdió en Cuba, ya encontrarás un trabajo más adecuado.

沒什麼大不了的，妳會找到一份更適合妳的工作。

單字

perder (v.) 失去

odiar (v.) 討厭

perderse (v.) 迷路、迷失

encontrar (v.) 找到

adecuado (adj.) 足夠的、合適的

補充

· ya 的用法有兩種：

表達「已經」的意思，例如：Ya lo sé. / Ya he comido.（我已經知道了。／我已經吃飽了。）

表達「終究會、一定會」的意思，後面需要接未來式，例如：Ya te entenderá. / Ya me dirás.（你終究會知道的。／你終究會跟我說的。）

無聊懶散的時候可以說

72

ser un coñazo

超無聊

🎧 MP3-072　📶 Nivel A2

A：Alberto era un coñazo, en la primera cita quedamos en un parque.

Alberto 超無聊，第一次約會居然帶我去公園。

B：Tía, ¡qué esperabas de un tío sin experiencia!

唉，妳怎麼能期望一個沒經驗的菜鳥帶妳去什麼地方呢！

cita (f.) 約會

parque (m.) 公園

esperar (v.) 期待、等待

experiencia (f.) 經驗

補充

· ser un coñazo 形容「一個人或一件事很無聊」，同義詞也可以說 ser un rollo。

例如：Este videojuego es un rollo.（這個電玩遊戲超無聊。）

· 若要更誇張地形容一件事超無聊，可以用 ser rollazo。

例如：¡Vaya rollazo!（這也太無聊！）

7

無聊懶散的時候可以說

73

estar en Babia

心不在焉

🎧 MP3-073　📶 Nivel B2

A：Si estás cansado, puedes irte a casa. Es como si estuvieras en Babia.

如果你累了，你可以先回家。你看起來心不在焉。

B：Lo siento. No estoy de humor para trabajar.

對不起，我現在沒有心情工作。

單字

cansado (adj.) 疲累的

humor (m.) 心情

補充

· Babia 位於西班牙西北方，是過去西班牙國王經常離開皇宮、前往打獵的地區。因此 estar en Babia 意指注意力分散、對事情一無所知。

· 「心不在焉」也可說：

estar a por uvas（直譯：在採收葡萄。）在過去，農人們採收葡萄會前往外地，故衍伸為心不在此地、心不在焉的意思。

estar en las nubes（直譯：心在雲上、做白日夢）

無聊懶散的時候可以說

74

dar largas

推託、講講而已

🎧 MP3-074　　📶 Nivel B2

A：Si fueses serio, me ofrecerías informaciones más exactas. Sólo me estabas dando largas, ¿no?

如果你是認真的，你早就提供給我具體的資訊了。所以你也只是講講，不是嗎？

B：No, créeme por favor. En este caso, se necesita tiempo para confirmar.

不，請相信我。這個案子，需要時間去確認。

ofrecer (v.) 提供

necesitar (v.) 需要

補充

・ 情境中使用到「與現在事實相反的假設句」，也就是條件難以實現的情況，文法結構為「Si＋過去虛擬式，條件式」。

例如：

Si yo tuviera dinero, compraría una casa enorme. （如果我有錢，我會買一棟超大的房子。）

¿Si fueras yo, qué harías? （如果你是我，你會怎麼做？）

詞性列表

動詞 (v.) = verbo
陽性名詞 (m.) = sustantivo masculino
陰性名詞 (f.) = sustantivo femenino
陰陽同型的名詞 (m.) (f.)
複數 (pl.) = plural
代名詞 (pron.) = pronombre
副詞 (adv.) = adverbio
形容詞 (adj.) = adjetivo
感嘆詞 (interj.) = interjección
口語 (coloq.) = coloquial

Parte.8

感情的事可以說

感情的事可以說

75

Te quiero.

我愛你。

🎧 MP3-075 ◢ Nivel A1

A：**Te quiero,** amor.

我愛妳，寶貝。

B：Yo también.

我也愛你。

單字

querer (v.) 想要、愛

amor (m.) 愛；愛人

補充

- Te quiero.（我愛你。）也可以說 Te amo.，後者比前者更強烈一些。

- también / tampoco（我也是／我也不）的用法很常見。

  例如：

  A: Quiero enamorarme.（好想戀愛。）

  B: Yo también.（我也是。）

  A: Pero no quiero dejar la libertad de la soltería.（但我不想放棄單身的自由。）

  B: Yo tampoco.（我也不想。）

感情的事可以說

76

dar coba

甜言蜜語；討好某人

🎧 MP3-076　📶 Nivel A1

A：Si quieres dar coba a ambos, seguro que vas a perderlos.

如果你想要兩邊都討好，那你肯定會兩邊都失去。

B：Pues, soy bueno en jugar a dos bandas.

嘿，我可是很擅長雙邊關係的。

coba (f.) 小謊、瞎話

jugar (v.) 玩

banda (f.) 邊緣

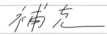

· ser bueno en 是擅長的意思，相反詞即為 ser malo en。

例如：

Solías ser bueno en estas cosas.（你之前很擅長這些東西的。）

No soy malo en mi trabajo, ¿por qué no me han dado ningún aumento?（我

沒有不擅長我的工作，為什麼還不給我加薪？）

感情的事可以說

77

mejor estar solo que mal acompañado

寧缺勿濫

🎧 MP3-077 📶 Nivel A1

A：Ya tienes 35 años, si no sales con los chicos, nunca te vas a casar.

妳已經 35 歲了，如果妳再不找男人約會，妳就永遠嫁不出去了！

B：Te participo que mejor estar sola que mal acompañada.

我告訴你寧缺勿濫！

單字

participar (v.) 告知

acompañado (adj.) 陪伴的、伴隨的

補充

- 這句的直譯是「自己一個人比糟糕的陪伴好」，因為情境中講話的是女生，所以 solo 要改為 sola；acompañado 要改為 acompañada。

- participar 更常見的用法是 participar en...（參加⋯⋯）。

  例如：Voy a participar en el maratón anual.（我要參加年度馬拉松。）

感情的事可以說

78

follar a alguien

打炮

MP3-078 ▪ Nivel A2

A：Estoy dotado, que me la mide 18 cm. Nací para follar a todo el mundo.

我天賦異稟，18 公分。我就是生來幹翻所有人。

B：Te estás haciendo mayor y tus palabras me dan asco.

你都幾歲了，還講這種噁心的話。

單字

dotado (adj.) 有才能的（引申為大屌的）

nacer (v.) 出生

medir (v.) 測量

補充

· follar a ... 是較為粗俗的用法，意思是「跟……打炮」，同義詞也可說 tirarse a ...。

例如：

Creo que se ha tirado a todas las chicas de la clase.（我覺得他跟班上所有女生都打過炮。）

Quiero follarte.（我想跟你打炮。）

8

感情的事可以說

hay tema

進一步的關係（一般指性關係）

🎧 MP3-079　🔊 Nivel A2

A：Anoche vi a Roberto y Juana saliendo juntos de un hotel.

我昨晚看到 Roberto 跟 Juana 一起從一間飯店離開。

B：Humm, seguro que hay tema.

嗯……他們肯定有戲。

junto (adv.) 一起地

tema (m.) 主題、題目

補充

· 表達「看到某人」會用 ver a alguien；「看到某物」則不用加 a，即 ver algo。

例如：

¿Has visto este vídeo?（你看過這個影片嗎？）

Vi a un famoso ayer.（我昨天看到一個名人。）

8

感情的事可以說

80

tirar la toalla

放棄；認輸

🎧 MP3-080　◢ Nivel A2

A：Joanna es una puta, que solo me trataba como su follamigo.
Tiro la toalla.

Joanna 根本就是個 bitch，她只把我當炮友，我放棄。

B：Ya te lo dije.

我早就跟你說了。

單字

follamigo/a (m.)(f.) 炮友

toalla (f.) 毛巾

補充

- 「放棄」也常說 darse por vencido。

例如：

Nunca me doy por vencido.（我從不放棄。）

Date por vencido. No te va a querer.（你放棄吧，他不會愛你的。）

感情的事可以說

81

poner los cuernos

劈腿

🎧 MP3-081　📶 Nivel B1

A：¿Sabes qué? María sale con un tío, que le puso los cuernos a ella.

你知道嗎？ María 正在跟一個男的交往，但那男的其實正在劈腿。

B：Pobre María, que se deshaga del amante.

可憐的 María，希望她能擺脫當小三的命。

單字

deshacerse (v.) 擺脫

amante (m.)(f.) 愛人

補充

- poner los cuernos 直譯是「放角」。據說在維京時代，部落首領有權與所有女性村民發生關係，無論單身或已婚。因此當首領上門造訪時，會將自己的牛角帽掛在房子外面，代表要其他人不要打擾。

感情的事可以說

82

dejar de

放棄／不要做

🎧 MP3-082 ◢ Nivel B1

A：En una relación, nunca dejes de confiar en tu media naranja.

在一段感情中，絕對不要放棄信任你的另一半。

B：Tienes razón. Si no hay confianza, no hay nada.

你說的對。如果沒有了信任，那就什麼也沒了。

confiar (v.) 信任

razón (f.) 理由

confianza (f.) 信任

補充

· media naranja 直譯是「半個柳橙」，比喻為伴侶、另一半。這個詞源自柏拉圖的作品，

他提到人類原本是圓形的生物，有四隻手臂、四條腿與兩個面孔，當他們嘗試登天挑

戰眾神時，宙斯將人類一分為二作為懲罰，自此之後每個一半都在尋找另一半，希望

與其永遠相融。

感情的事可以說

83

pasar el arroz

為時已晚；來不及了

MP3-083　　Nivel B1

A：Por favor, no lo repito más, que no rompas conmigo.

拜託，我不會再犯了，不要跟我分手。

B：Ya has pasado el arroz.

已經太遲了。

單字

repetir (v.) 重複

romper (v.) 打破；分手

補充

· pasar el arroz 直譯是「已過了米飯最佳食用時間、已經煮過頭了」，延伸為太遲了、

為時已晚、機會已錯過的意思。

· no ... más 是「不會再……」的意思。

例如：

No puedo comer más.（我吃不下了。）

No te escucho más.（我不會再聽你的了。）

84

tirar los tejos

搭訕

🎧 MP3-084　📶 Nivel B1

A：Hombre, si te gusta esa chica, ¡vete a tirarle los tejos!

你如果喜歡那個女生，就快去搭訕她啊！

B：Pero el chaval al lado de ella será su novio.

但她旁邊的小夥子好像是她男朋友。

單字

tirar (v.) 丟

tejo (m.) 瓦片

補充

· tirarle los tejos 直譯是「丟瓦片」，源自於過去小孩子會將木棒立在地上，並試圖丟

瓦片擊倒，而男生會故意將瓦片丟到距離喜歡的女生比較近的地方，借機搭訕對方。

· 西班牙文的未來簡單式（futuro simple），除了描述未來，也常表「對現在的猜測」，

例如以下情境：

A: ¿A qué hora es?（現在幾點？）

B: No sé, serán las 6.（不知道耶⋯⋯應該 6 點吧。）

A: ¿Y dónde está Juan?（那 Juan 在哪裡？）

B: Estará todavía en el trabajo.（他應該還在工作吧。）

感情的事可以說

dar calabazas

拒絕追求者的告白

🎧 MP3-085　📊 Nivel B1

A：Si él no te gusta, ¿por qué no le das calabazas?

如果妳不喜歡他，為什麼妳不拒絕他呢？

B：No lo comprendes, solo me gusta que todo el mundo me persiga.

你不懂啦，我就是喜歡被眾星捧月。

calabaza (f.) 南瓜

comprender (v.) 懂、理解

perseguir (v.) 追尋、追求

補充

· 幾世紀前，人們學游泳時會用南瓜當作救生圈，將南瓜置於手臂下方增加浮力，學會了游泳後就會將南瓜丟掉。因此 dar calabazas（把南瓜給出去）比喻已經不需要了、拒絕他人的意思。

· entender 與 comprender 雖然都是「了解」的意思，但有細微差異，entender 偏理性，而 comprender 更著重情感層面。因此，當我們說 Lo entiendo pero no lo comprendo. 時，意思是「我能理解，但不能感同身受」。

詞性列表

動詞 (v.) = verbo
陽性名詞 (m.) = sustantivo masculino
陰性名詞 (f.) = sustantivo femenino
陰陽同型的名詞 (m.) (f.)
複數 (pl.) = plural
代名詞 (pron.) = pronombre
副詞 (adv.) = adverbio
形容詞 (adj.) = adjetivo
感嘆詞 (interj.) = interjección
口語 (coloq.) = coloquial

Parte.9

隨時都可以說

隨時都可以說

86

que yo sepa

據我所知

🎧 MP3-086　📶 Nivel A1

A：**Que yo sepa, Carlos suele llegar tarde.**

據我所知，Carlos 習慣遲到。

B：**¡Y tú también!**

妳也是啊！

單字

soler (v.) 慣於、經常

補充

· soler 後接原型動詞是相當常見的用法，意指「經常……」。

例如：

Suele irse de vacaciones durante julio. （他七月經常放假去。）

Mi papá solía traerme al parque de atracciones para niños cuando yo era

pequeña. （小時候我爸經常帶我去兒童樂園玩。）

隨時都可以說

87

tener ganas de

想要

🎧 MP3-087 📶 Nivel A1

A：**Tengo** muchas **ganas de** comer helado.

我好想吃冰淇淋哦。

B：Pues, ¡vámonos! Por casualidad, sé que hay una heladería muy chula en la esquina.

嗯，那我們走吧！我剛好知道轉角有一間很棒的冰淇淋店。

單字

gana (f.) 願望；意願

chulo (adj.) 酷的、好的

esquina (f.) 街角

補充

· tener ganas de 的同義詞也可以說 me apetece。

例如：

Me apetece verte.（我好想見你。）

Me apetece comer paella.（我想吃西班牙烤飯。）

· vamos 與 vámonos 都是「走吧、我們走吧」的意思，差別在 vámonos 有「離開這裡」的意味。假設兩個情境：

和朋友見面，準備要一起去電影院，就會說 ¡Vamos!（走吧！）

和朋友逛街逛了很久，想去別的地方，就會說 ¡Vámonos!（我們（離開這裡）走吧！）

隨時都阿以說

88

sin pegar los ojos

失眠

🎧 MP3-088 📶 Nivel A1

A：Llevo tres días sin pegar los ojos. Quiero volver a mi cama.

我已經三天沒睡覺。我想回到我的被窩裡。

B：¡Qué va! ¿Qué has hecho?

不會吧，妳做了什麼？

單字

pegar (v.) 黏

cama (f.) 床

補充

- pegar los ojos 即為 dormir（睡覺）的意思。

- ¡Qué va! 屬於感嘆詞，實用的感嘆詞還有：

    ¡Menos mal!（幸好！）

    ¡Qué pena!（可惜啊！）

    ¡Por Dios!（天啊！）

    ¡Ojalá!（希望！）

    ¡Madre mía!（我的媽啊！）

89

estar esmallao

餓爆

MP3-089 　 Nivel A1

A： No he comido nada desde esta mañana. Estoy esmallao que apenas puedo andar.

我從今天早上就沒吃東西了。我現在餓到走不動了。

B： Anda, toma un poco de chocolate, así añades azúcar y caloría.

天啊，快吃一點巧克力來補充血糖跟熱量。

andar (v.) 走路

añadir (v.) 增加、加上

azúcar (m.) 糖

補充

· estar esmallao 是相當安達魯西亞式的諺語，在西班牙其他地區會說 estar desmayado，desmayado 是「失去意識的、蒼白」的意思，也就是餓到昏。安達魯西亞地區的口音經常會「吃字」，把 desmayado 最前面跟最後面的 d 吃掉，就發音成 esmallao 了。

隨時都可以說

estar hecho polvo

快累死

🎧 MP3-090　📶 Nivel A1

A：**No puedo más. Estoy hecho polvo.**

我不行了，快要累死了。

B：**Te falta la mitad. Vamos, sigue adelante.**

你還剩一半，快，繼續加油！

單字

polvo (m.) 灰塵、粉末

mitad (f.) 一半、中間

adelante (adv.) 向前

補充

- estar hecho polvo 直譯為「快要被磨成粉了」，延伸為「快累死」的意思。

- 若是男生會說 Estoy hecho polvo.，女生則是要說 Estoy hecha polvo.

- 同樣非常口語的用法還有：

  ¡Estoy hecho mierda!（我快累死了！）

  Tienes que estar reventado.（你一定快累死了。）

隨時都可以說

O sea que...

也就是說……

🎧 MP3-091 ▰ Nivel A1

A：¡Acabo de darme cuenta de que te has aprovechado de mí!

O sea que lo que te gusta es el dinero.

我剛意識到妳只是在利用我！也就是說妳只是愛我的錢。

B：Cariño, ¿cómo dices eso? Es un malentendido.

親愛的，你為什麼這麼說？這是一個誤會。

aprovecharse (v.) 利用（負面用法）

malententido (m.) 誤會

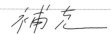

· aprovecharse 若為反身動詞，是負面的利用；但如果是 aprovechar 則是正面的利用。

例如：

　　Aprovecho el descanso para dar un paseo.（我利用休息時間去散步。）

　　Me he levantado temprano porque quiero aprovechar el día.（我早起因為我

　　想好好利用這天。）

隨時都可以說

quedarse frito

秒睡

🎧 MP3-092　📶 Nivel A2

A：Esta madrugada me despertó una llamada de mi jefe, apagué el móvil y me quedé frito.

今天清晨，我老闆的一通電話把我吵醒，我立刻關機然後秒睡。

B：Si hoy tienes un mal rendimiento en el trabajo, la culpa es suya.

那妳今天如果工作效率很差，都是他的錯。

單字

madrugada (f.) 清晨

apagar (v.) 關閉

rendimiento (m.) 表現、成效

補充

- 情境中的 la culpa es suya（他的錯）運用到了西班牙文的「所有格形容詞」，可置於名詞前，也可置於名詞後當補語。

  置於名詞前，例如：

  ¿Ella es tu hermana?（她是你姊嗎？）

  Hoy es su cumpleaños.（今天是他的生日。）

  置於名詞後當補語，例如：

  ¡Dios mío!（我的天啊！）

  Esto no es culpa mía.（這不是我的錯。）

93

acabar de

剛完成

MP3-093 Nivel A2

A：<u>Acabo de</u> terminar los deberes. Voy a salir de fiesta esta noche.

我剛寫完功課，今天晚上要去 party。

B：Cuando tenía tu edad, me importaban un carajo los deberes.

我在你這個年紀的時候，我根本不鳥那些作業。

deber (m.) 責任 (pl.) 功課、作業

edad (f.) 年紀、年齡

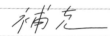

- acabar de 後接原型動詞，最常見的用法是 Acabo de... （我剛剛（完成某事）……）。

  例如：

  Acabo de desayunar. （我剛吃完早餐。）

  Acabo de limpiar la casa. （我剛打掃完家裡。）

- me importa un carajo 是粗俗的用法，等同於 me importa una mierda，「完全不在乎」的意思。

94

llevar + tiempo + gerundio

持續做某事一段時間

🎧 MP3-094　🔊 Nivel A2

A：<u>Llevo tres años aprendiendo</u> español y el otro día hablé con un nativo y lo hice como una mierda.

我花了三年學西班牙文，有一天我在跟一個母語人士講話，但講得跟屎一樣。

B：Sigue practicando conmigo, un día hablarás bien.

繼續跟我練習，有一天妳會講得好的。

nativo/a (m.)(f.) 母語人士

practicar (v.) 練習

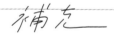

・ 中文的「有一天」可以指過去，也可以指未來。在西班牙文中「有一天」指過去會用 el otro día，通常接過去式；指未來會用 un día，通常接未來式。

例如：

El otro día vi a Catalina salir del gimnasio. ¡Ella era guapísima!（有一天我看到 Catalina 從健身房走出來，她超正！）

Un día, será mi novia.（有一天她會成為我的女朋友。）

95

tratar de

關於

🎧 MP3-095 　▉ Nivel A2

A： Fui de nuevo con mis amigos al cine ayer.

我昨天又跟我朋友去看了一次電影。

B： ¿Otra vez? ¿Qué trataba de la película?

又去？那電影是在演什麼？

單字

cine (m.) 電影產業、電影院

película (f.) 電影

補充

· de nuevo 和 otra vez 兩者是同義詞，都是「再一次、又」的意思。

· tratar de 有兩個意思，「關於」以及「嘗試」。

例如：

Mi estudio trata de la migración humana a Marte.（我的研究跟人類移民火星有關。）

Solo trato de abrirlo.（我只是在試著打開它。）

隨時都可以說

96

un momentito

等一下

🎧 MP3-096　🔊 Nivel A2

A：Aló, soy Simón. ¿Me podría poner con la secretaria Huang?

喂，我是 Simón，可以幫我轉接黃助理嗎？

B：Un momentito, por favor. Ah, perdone, está fuera de servicio

hoy. Podría llamarle mañana.

請稍等。啊，不好意思，她今天沒有上班。您可以明天再打給她。

momento (m.) 時刻

llamar (v.) 叫；打電話

補充

- 在電話中說 poner con 是「轉接」的意思。還有一個長得相似的用法是 ponerse en

contacto con，意思是「聯絡、聯繫」。

例如：Cualquier duda, póngase en contacto conmigo.（有任何問題，請您聯繫我。）

- fuera de servicio 是「沒上班、未執勤」的意思。更口語一點可說 fuera de la oficina

（不在辦公室），可能是下班了、休假中或暫離。

97

un montón de

很多、非常多

🎧 MP3-097　📊 Nivel A2

A：Después del puente de vacaciones, tengo un montón de trabajo que hacer.

連假過後，我有一堆工作要做。

B：Deberías dar gracias a Dios que todavía mantienes un empleo en esta mala época.

你應該要感謝老天，在這不景氣的世代，你還能維持一份工作。

單字

Dios (m.) 上帝

mantener (v.) 維持

época (f.) 時代

補充

· deber 是「應當、必須」的意思，若後面加上 de，則轉變為「可能、大概」，也是相當常見的用法。

例如：

Debió de llover anoche, la calle está mojada.（昨晚應該有下雨，馬路是濕的。）

Debe de ser duro estar solo durante el Día de San Valentín.（自己過情人節應該很痛苦吧。）

隨時都可以說

98

ponerse morado

吃太飽；好撐

MP3-098　Nivel A2

A：Comí todo lo que pude para amortizar el precio en este buffet libre y me puse morado ahora.

我盡我所能的吃，為了要在這間吃到飽 buffet 吃回本，結果我現在超飽。

B：Idiota, no seas tan codicioso.

白癡哦，不要這麼貪小便宜。

amortizar (v.) 償還

libre (adj.) 自由的

codicioso (adj.) 貪心的

· morado (adj.) 是「深紫色」。當一個人吃太多時，可能導致血氧含量不足，造成呼吸困難使全身發紫。因此 ponerse morado（把自己變成深紫色）比喻為吃太撐的意思。

· 吃太飽也可以說 estar empachado。

例如：

Estoy muy empachado. Voy a vomitar.（我真的超飽，我要吐了。）

注意：morado 本身已經是吃太撐的意思，因此前面不可加 muy。

99

por cierto

順帶一提

🎧 MP3-099　📚 Nivel B1

A：**Avísame cuando estés listo.**

你準備好了通知我。

B：**Muchas gracias. Por cierto, ¿cuándo te gustaría recibir la mercancía?**

非常感謝，順帶一提，妳希望何時可以收到商品？

avisar (v.) 通知

recebir (v.) 接收

mercancía (f.) 商品

補充

· estar listo/a 是「準備好」的意思，同義詞可說 estar preparado/a。

· cuando +虛擬式，代表子句的動作是「被期待的、被想像可能發生的」。除了搭配情境中的命令式，也常會搭未來式。

例如：

Cuando pare la lluvia, saldremos de aquí. （雨停了我們就離開這裡。）

Te compraré un coche cuando tengas la licencia de conducir. （你考上駕照我就買一台車給你。）

隨時都可以說

100

por si las moscas

以防萬一

🎧 MP3-100　📶 Nivel B1

A：Te pido un favor que me llames dentro de media hora por si las moscas.

以防萬一，我拜託你三十分鐘後打給我。

B：No hay problema, pero recuerda desactivar el modo silencio.

沒問題，但妳要記得把靜音模式關掉。

recordar (v.) 記得

silencio (m.) 安靜

補充

- por si las moscas 直譯是「以防蒼蠅」，據說是為了防止食物壞掉，採取預防措施以防萬一。另外一個很常用的同義詞是 por si acaso。

  例如：Mejor que lleguemos temprano por si acaso.（我們最好早一點到，以防萬一。）

- dentro de 後接一段時間，指的是「一段時間之後」。

  例如：Mamá volverá dentro de 20 minutos.（媽媽再 20 分鐘就回來了。）

- recordar 後面可接原型動詞，也可接名詞。

  例如：¿Recuerdas su signo del zodíaco?（你記得他是什麼星座嗎？）

國家圖書館出版品預行編目資料

西班牙文，每日一句 / Javi、Sofi 合著 .
-- 初版 . -- 臺北市：瑞蘭國際 , 2021.07
240 面；14.8 × 21 公分 --（外語達人；22）
ISBN：978-986-5560-28-7（平裝）

1. 西班牙語 2. 讀本

804.748   110011094

外語達人 22
書名・西班牙文，每日一句
作者・Javi、Sofi
審訂・Mario Santander Oliván（馬里奧）
責任編輯・鄧元婷、王愿琦
校對・Javi、Sofi、鄧元婷、王愿琦

西語錄音・Kathy Molina、Daniel Tapia
錄音室・采漾錄音製作有限公司
封面、版型設計及內文排版・格瓦尤

瑞蘭國際出版

董事長・張暖彗／社長兼總編輯・王愿琦
編輯部
副總編輯・葉仲芸／副主編・潘治婷／副主編・鄧元婷
設計部主任・陳如琪
業務部
副理・楊米琪／組長・林湲洵／組長・張毓庭

出版社・瑞蘭國際有限公司／地址・台北市大安區安和路一段 104 號 7 樓之一
電話・(02)2700-4625 ／傳真・(02)2700-4622 ／訂購專線・(02)2700-4625
劃撥帳號・19914152 瑞蘭國際有限公司
瑞蘭國際網路書城・www.genki-japan.com.tw

法律顧問・海灣國際法律事務所　呂錦峯律師

總經銷・聯合發行股份有限公司／電話・(02)2917-8022、2917-8042
傳真・(02)2915-6275、2915-7212 ／印刷・科億印刷股份有限公司
出版日期・2021 年 07 月初版 1 刷／定價・380 元／ ISBN・978-986-5560-28-7